Q&A

TO ME

김민준

7월8일 마산 출생

내 안의 빈칸을 채워간다는 마음으로
자그마치 글을 쓰는 일을 합니다.

Instagram.com/mjmjmorning

Q&A
TO ME

* 뜻밖에 나를 찾는 1000일 *

K

Q&A TO ME

* 뜻밖에 나를 찾는 1000일 *

———

타인으로 인하여 사사건건 마음이 흔들리는 너는
너무 예쁜 꽃이 아니던가.
모든 꽃은 옅은 바람에도 나부낀다.
그것은 아름답기 때문이다.
그러니 흔들리는 스스로를 자책하지 않아도 된다.
빛에도 굴절이 있고 소리에도 왜곡이 있다.
무릇, 모든 소중한 것들은 가벼운 빗소리에도
여간 잠들지 못하는 법이다.

지고지순.
이를 데 없이 맑고 깨끗하기 때문이다

HOW TO...

___

1.

오늘의 나를 기록하는 이유는 그 순간의 나를 이해하기 위함입니다.
그러니 타인의 시선 따위는 잠시 덮어두고
있는 그대로의 나를 표현해 보세요.

2.

정답은 없습니다. 수려한 문장이 아니라도 괜찮습니다.
되도록이면 솔직하고 있는 그대로의 느낌을 적어두는 것을 권장합니다.
또한 질문의 순서에 얽매이지 않아도 좋습니다.
단, 그 날의 날짜를 기입하는 것은 잊지 마세요.

3.

한 질문에 총 세 가지 답변을 할 수 있도록 구성되어 있습니다.
시간의 흐름에 따라 나의 답은 어떻게 변하였고
또 변하지 않은 것은 무엇인지
한 페이지에서 확인할 수가 있습니다.
그것은 우리로 하여금 그 순간의 나를 이해하는 근거가 되어주며
앞으로의 내가 가야 할 길을 제시해 줄 것입니다.

4.

책 속의 여백을 채워가는 일은 온전히 자기자신과 대화하는 일입니다.
지나간 어제와 다가올 내일 사이에서 길을 잃지 않기 위해서
지금, 이 순간을 기록해 보세요.

당신은 수 많은 별들과 마찬가지로
거대한 우주의 구성원이다.
그 사실 하나 만으로도
당신은 자신의 삶을 충실히 살아갈
권리와 의무가 있다.

/

맥스 에흐만

1

steps towards the dream

나는 어떤 사람인가?

year_____ month_____ day_____

year_____ month_____ day_____

year_____ month_____ day_____

2 * 3 * 4

steps towards the dream

내 결정이 불안하다고 느낀 적이 있는가

year_____ month____ day____

----

year_____ month____ day____

----

year_____ month____ day____

----

5 * 6 * 7

steps towards the dream

오늘 일어난 기억나는 사건은 무엇이 있는가?

year_____ month____ day____

year_____ month____ day____

year_____ month____ day____

8 * 9 * 10

steps towards the dream

어른이 된다는 것은 어떤 의미인가?

year_____ month____ day____

_____

_____

_____

year_____ month____ day____

_____

_____

_____

year_____ month____ day____

_____

_____

_____

11 * 12 * 13

steps towards the dream

어릴 적 꿈은 무엇이었나?

year_____ month____ day____

year_____ month____ day____

year_____ month____ day____

14 * 15 * 16

steps towards the dream

당신은 지금 행복하다고 믿는가

---

year_____ month_____ day_____

_____

_____

_____

_____

year_____ month_____ day_____

_____

_____

_____

_____

year_____ month_____ day_____

_____

_____

_____

_____

17 * 18 * 19

steps towards the dream

마음이 답답할 때는 언제인가?

year_____ month_____ day_____
_____
_____
_____
_____
_____

year_____ month_____ day_____
_____
_____
_____
_____
_____

year_____ month_____ day_____
_____
_____
_____
_____
_____

20 * 21 * 22

steps towards the dream

그리운 사람이 있는가?

year_____ month____ day____

year_____ month____ day____

year_____ month____ day____

23 * 24 * 25

steps towards the dream

나에게 한계란 무엇을 뜻하는가?

year_____ month____ day____

year_____ month____ day____

year_____ month____ day____

26 * 27 * 28

steps towards the dream

요즘 나 자신을 한 마디로 표현한다면?

year_____ month_____ day_____

....

....

....

....

year_____ month_____ day_____

....

....

....

....

year_____ month_____ day_____

....

....

....

....

한계와 마주쳤을 때 누군가는 불평을 하고
누군가는 성장을 합니다.
주어진 고난을 나만의 최선으로 이겨내는 것,
그것이야 말로 삶을 가장 나답게 살아가는 방법입니다.

작가의 말

29 * 30 * 31

steps towards the dream

사랑하는 사람에게
어떤 사람으로 기억되고 싶은가?

year_____ month____ day____

year_____ month____ day____

year_____ month____ day____

32 * 33 * 34

steps towards the dream

요즘은 무슨 일에
집중과 시간을 쏟고 있는가?

year_____ month_____ day_____

year_____ month_____ day_____

year_____ month_____ day_____

35 * 36 * 37

steps towards the dream

오늘 하루 나를 기쁘게 한 것들은 뭐가 있는가?

year_____ month____ day____

year_____ month____ day____

year_____ month____ day____

38 * 39 * 40

steps towards the dream

1년 후의 나에게
하고 싶은 말은 무엇인가?

year_____ month____ day____

---

year_____ month____ day____

---

year_____ month____ day____

---

41 * 42 * 43

steps towards the dream

눈물을 흘렸던 영화나 드라마가 있는가?

year_____ month____ day____

year_____ month____ day____

year_____ month____ day____

44 * 45 * 46

steps towards the dream

요즘 가장 자주 가는 곳은 어디인가?

year_____ month_____ day_____

year_____ month_____ day_____

year_____ month_____ day_____

47 * 48 * 49

steps towards the dream

어떤 모습으로 살아가고 싶은가?

year_____ month____ day____

year_____ month____ day____

year_____ month____ day____

50 * 51 * 52

steps towards the dream

돌아간다면 어느 때로 돌아가고 싶은가?

year_____ month____ day____

_____

_____

_____

year_____ month____ day____

_____

_____

_____

year_____ month____ day____

_____

_____

_____

인간의 눈은 그의 현재를 말하며
입은 그가 앞으로 될 것을 말한다

골즈워디

53 * 54 * 55

steps towards the dream

해야만 하는데 미루고 있는
일들이 있다면 무엇인가?

year_____ month____ day____

year_____ month____ day____

year_____ month____ day____

56 * 57 * 58

steps towards the dream

오늘의 다짐 한가지를 적어보자.

year_____ month____ day____

year_____ month____ day____

year_____ month____ day____

59 * 60 * 61

steps towards the dream

무엇을 두려워 하는가?

year_____ month____ day____

year_____ month____ day____

year_____ month____ day____

62 * 63 * 64

steps towards the dream

지금 사랑하는 사람이 있는가?

year_____ month_____ day_____

---

year_____ month_____ day_____

---

year_____ month_____ day_____

65 * 66 * 67

steps towards the dream

내가 좋아하는 것들에 닮은 점들이 있을까?

year_____ month_____ day_____

year_____ month_____ day_____

year_____ month_____ day_____

68 * 69 * 70

steps towards the dream

나를 행복하게 하는 것 다섯 가지를 말해보자

year_____ month____ day____

----

year_____ month____ day____

----

year_____ month____ day____

----

71 * 72 * 73

steps towards the dream

가장 좋아하는 계절은?

year_____ month___ day___

year_____ month___ day___

year_____ month___ day___

74 * 75 * 76

steps towards the dream

여행에 떠난다면 꼭 가지고 갈 세가지는 무엇인가?

year_____ month_____ day_____

year_____ month_____ day_____

year_____ month_____ day_____

77 * 78 * 79

steps towards the dream

처음이란 내게 어떤 의미인가?

year_____ month____ day____

year_____ month____ day____

year_____ month____ day____

80 * 81 * 82

steps towards the dream

지금 내 삶의 가장 큰 원동력은 어떤 것일까?

year_____ month____ day____

year_____ month____ day____

year_____ month____ day____

결국에 선택은 나의 몫이에요.
그 누구도 '나'를 대신할 수는 없어요.

작가의 말

83 * 84 * 85

steps towards the dream

스스로를 충분히 사랑하고 있는가?

year_____ month____ day____

_____
_____
_____
_____

year_____ month____ day____

_____
_____
_____
_____

year_____ month____ day____

_____
_____
_____
_____

86 * 87 * 88

steps towards the dream

노력해서 얻은 것들을 무엇이 있는가

year_____ month_____ day_____

year_____ month_____ day_____

year_____ month_____ day_____

89 * 90 * 91

steps towards the dream

능력이 있는 사람이란 어떤 사람들을 뜻하는가

year_____ month____ day____

_____

_____

_____

year_____ month____ day____

_____

_____

_____

year_____ month____ day____

_____

_____

_____

92 * 93 * 94

steps towards the dream

누구한테 인정받고 싶은가

year_____ month____ day____

year_____ month____ day____

year_____ month____ day____

95 * 96 * 97

steps towards the dream

성공한 인생은 어떤 것일까

year_____ month____ day____

year_____ month____ day____

year_____ month____ day____

98 * 99 * 100

steps towards the dream

첫 사랑에 대해 어떻게 생각하는가?

year_____ month____ day____

year_____ month____ day____

year_____ month____ day____

101 * 102 * 103

steps towards the dream

이상형은 어떤 사람인가?

year_____ month____ day____

_____

_____

_____

_____

year_____ month____ day____

_____

_____

_____

_____

year_____ month____ day____

_____

_____

_____

_____

104 * 105 * 106

steps towards the dream

오늘 하루를 한 마디로 표현한다면?

year_____ month____ day____

year_____ month____ day____

year_____ month____ day____

자유에는 책임이 따르기 마련입니다.
때문에 그것은 가지는 것보다
지키는 것이 어려운 법이죠

작가의 말

107 * 108 * 109

steps towards the dream

사랑하는 사람에게 듣고 싶은 말이 있는가?

year_____ month____ day____

_____

_____

_____

year_____ month____ day____

_____

_____

_____

year_____ month____ day____

_____

_____

_____

110 * 111 * 112

steps towards the dream

지금 떠오르는 즐거웠던 경험은 무엇인가

year_____ month_____ day_____

....

....

....

....

year_____ month_____ day_____

....

....

....

....

year_____ month_____ day_____

....

....

....

....

113 * 114 * 115

steps towards the dream

아무도 모르는 나만의 비밀이 있다면 무엇인가?

year_____ month____ day____

year_____ month____ day____

year_____ month____ day____

116 * 117 * 118

steps towards the dream

배려라는 것은 무엇일까

year_____ month____ day____

year_____ month____ day____

year_____ month____ day____

119 * 120 * 121

steps towards the dream

가장 행복했을 때의 나와
오늘의 나는 어떤 차이가 있을까?

year_____ month____ day____

_____

_____

_____

_____

year_____ month____ day____

_____

_____

_____

_____

year_____ month____ day____

_____

_____

_____

_____

122 * 123 * 124

steps towards the dream

요즘 나는 어떤 꿈을 꾸는가?

year_____ month____ day____

year_____ month____ day____

year_____ month____ day____

125 * 126 * 127

steps towards the dream

내게 고쳐야 할 단점은 무엇일까?

year_____ month_____ day_____

year_____ month_____ day_____

year_____ month_____ day_____

128 * 129 * 130

steps towards the dream

지금 나에게 가장 필요한 건 무엇인가?

year_____ month____ day____

year_____ month____ day____

year_____ month____ day____

"우물쭈물 하다가 내 이럴 줄 알았다"

조지 버나드 쇼의 묘비명

다음에 라는 말로 더는 미루지 말아요.
당신의 행복도 꿈꾸던 이상도.

131 * 132 * 133

steps towards the dream

나를 화나게 하는 것들은 어떤 게 있을까?

year_____ month____ day____

year_____ month____ day____

year_____ month____ day____

134 * 135 * 136

steps towards the dream

남들의 시선이 신경 쓰이는 때는 언제인가?

year_____ month_____ day_____

year_____ month_____ day_____

year_____ month_____ day_____

137 * 138 * 139

steps towards the dream

사람과의 관계가 지치고 힘들 때는 언제인가

year_____ month_____ day_____

year_____ month_____ day_____

year_____ month_____ day_____

140 * 141 * 142

steps towards the dream

퇴근 후에 나는 무엇을 하는가?

year_____ month____ day____

year_____ month____ day____

year_____ month____ day____

143 * 144 * 145

steps towards the dream

좋아하는 노랫말은 무엇인가?

year_____ month____ day____

year_____ month____ day____

year_____ month____ day____

146 * 147 * 148

steps towards the dream

친구들은 나를 어떻게 생각할까?

year_____ month_____ day____

year_____ month_____ day____

year_____ month_____ day____

149 * 150 * 151

steps towards the dream

행복이란 어떤 걸까?

year_____ month_____ day_____

year_____ month_____ day_____

year_____ month_____ day_____

152 * 153 * 154

steps towards the dream

일상이 따분해 느껴진다면 무슨 이유 때문일까?

year_____ month____ day____

year_____ month____ day____

year_____ month____ day____

155 * 156 * 157

steps towards the dream

나를 웃게 하는 사람은 누구인가?

year_____ month____ day____

year_____ month____ day____

year_____ month____ day____

158 * 159 * 160

steps towards the dream

꾸준하게 해왔던 습관이나 취미가 있는가?

year_____ month_____ day_____

year_____ month_____ day_____

year_____ month_____ day_____

시도했다가 실패하는 것은 죄가 아니다.
유일한 죄악은 시도하지 않는 것이다.

수엘렌 프리드

161 * 162 * 163

steps towards the dream

스마트폰은 내게 어떤 의미인가?

year_____ month_____ day_____

year_____ month_____ day_____

year_____ month_____ day_____

164 * 165 * 166

steps towards the dream

계획을 세우고 그것을
실천으로 옮기지 못하는 이유는 무엇일까?

year_____ month_____ day_____

year_____ month_____ day_____

year_____ month_____ day_____

167 * 168 * 169

steps towards the dream

재미있게 읽었던 책은?

year_____ month____ day____

year_____ month____ day____

year_____ month____ day____

170 * 171 * 172

steps towards the dream

최근에 성취감을 느꼈던 때는 언제인가?

year_____ month____ day____

---

year_____ month____ day____

---

year_____ month____ day____

173 * 174 * 175

steps towards the dream

무엇이 나를 고독하게 하는가?

year_____ month_____ day____

year_____ month_____ day____

year_____ month_____ day____

176 * 177 * 178

steps towards the dream

내 인생의 전환점은 언제인가?

year_____ month____ day____

year_____ month____ day____

year_____ month____ day____

179 * 180 * 181

steps towards the dream

1년 전의 나와 오늘의 나는 무엇이 다를까?

year_____ month____ day____

year_____ month____ day____

year_____ month____ day____

182 * 183 * 184

steps towards the dream

오늘의 나에게 해주고 싶은 말이 있다면?

year_____ month____ day____

year_____ month____ day____

year_____ month____ day____

185 * 186 * 187

steps towards the dream

일탈을 꿈꿀 때는 언제인가?

year_____ month____ day____

year_____ month____ day____

year_____ month____ day____

188 * 189 * 190

steps towards the dream

혼자서도 잘하는 일들은 뭐가 있을까?

year_____ month____ day____

year_____ month____ day____

year_____ month____ day____

인간이란 자기의 운명을 지배하는
자유로운 자를 말한다.

마르크스

191 * 192 * 193

steps towards the dream

오늘 식사를 하면서
나눴던 대화는 무엇인가

year_____ month_____ day_____

year_____ month_____ day_____

year_____ month_____ day_____

194 * 195 * 196
steps towards the dream

관계를 잘 유지하기 위해서
필요한 건 무엇일까?

year_____ month____ day____

year_____ month____ day____

year_____ month____ day____

197 * 198 * 199

steps towards the dream

나의 장점은 무엇이 있을까?

year_____ month_____ day_____

year_____ month_____ day_____

year_____ month_____ day_____

200 * 201 * 202

steps towards the dream

아끼는 친구에게 해주고 싶은 말이 있다면?

year_____ month____ day____

_____

_____

_____

_____

year_____ month____ day____

_____

_____

_____

_____

year_____ month____ day____

_____

_____

_____

_____

203 * 204 * 205

steps towards the dream

힘들 때 나를 위로해주는 건 무엇인가?

year_____ month_____ day_____

year_____ month_____ day_____

year_____ month_____ day_____

206 * 207 * 208
steps towards the dream

누구와, 언제, 어디서, 무엇을,
어떻게, 왜, 떠나고 싶은가?

year_____ month____ day____

year_____ month____ day____

year_____ month____ day____

사색을 할 동안 인간은 신과 같이 된다.
행동과 욕망에서는 환경의 노예일 뿐이다.

윌리엄 러셀

209 * 210 * 211

steps towards the dream

요즘 가장 많이 하는 생각은 무엇인가?

year_____ month____ day____

_____

_____

_____

year_____ month____ day____

_____

_____

_____

year_____ month____ day____

_____

_____

_____

212 * 213 * 214

steps towards the dream

오늘 들었던 말 중에 기억나는 말이 있다면?

year_____ month_____ day_____

year_____ month_____ day_____

year_____ month_____ day_____

215 * 216 * 217

steps towards the dream

요즘 주변 사람과
어떤 이야기를 주로 하는 편인가

year_____ month____ day____

year_____ month____ day____

year_____ month____ day____

218 * 219 * 220

steps towards the dream

평범하지 않은 일을 겪은 적이 있는가?

year_____ month____ day____

year_____ month____ day____

year_____ month____ day____

221 * 222 * 223

steps towards the dream

당장 하고 싶은 일이 있다면?

year_____ month____ day____

_____
_____
_____
_____

year_____ month____ day____

_____
_____
_____
_____

year_____ month____ day____

_____
_____
_____
_____

224 * 225 * 226

steps towards the dream

오늘 제일 처음 만난 사람은 누구인가?

year_____ month____ day____

_____
_____
_____
_____

year_____ month____ day____

_____
_____
_____
_____

year_____ month____ day____

_____
_____
_____
_____

227 * 228 * 229

steps towards the dream

후회하고 있는 일이 있다면?

---

year_____ month____ day____

---

year_____ month____ day____

---

year_____ month____ day____

230 * 231 * 232
steps towards the dream

나는 내일 _____ 하는 것이 두렵다.
빈 칸에 들어갈 말은 무엇인가?

year_____ month____ day____

year_____ month____ day____

year_____ month____ day____

233 * 234 * 235

steps towards the dream

사과해야 할 사람이 있는가

year_____ month_____ day_____

year_____ month_____ day_____

year_____ month_____ day_____

236 * 237 * 238

steps towards the dream

나에게 좋은 친구란 어떤 사람인가?

year_____ month____ day____

year_____ month____ day____

year_____ month____ day____

감사함을 표현하는 것은 정중함의 가장 아름다운 모습입니다.
오늘의 나에게 고맙다고 말해주세요.
세상 무엇보다 아름다운 나에게.

작가의 말

239 * 240 * 241

steps towards the dream

비가오면 어떤 기분이 드는가?

year_____ month_____ day_____

year_____ month_____ day_____

year_____ month_____ day_____

242 * 243 * 244

steps towards the dream

인생이란 무엇일까?

year_____ month____ day____

year_____ month____ day____

year_____ month____ day____

245 * 246 * 247

steps towards the dream

최근에 들은 말 중에
깊이 공감했던 있다면?

year_____ month____ day____

year_____ month____ day____

year_____ month____ day____

248 * 249 * 250

steps towards the dream

소중한 사람을 잃었을 때
어떤 생각이 들었나?

year_____ month____ day____

_____

_____

_____

_____

year_____ month____ day____

_____

_____

_____

_____

year_____ month____ day____

_____

_____

_____

_____

251 * 252 * 253

steps towards the dream

하나를 위해 모든 것을 포기할 수 있을까?

year_____ month_____ day_____

year_____ month_____ day_____

year_____ month_____ day_____

254 * 255 * 256

steps towards the dream

나의 좌우명이 있다면?

year_____ month____ day____

year_____ month____ day____

year_____ month____ day____

257 * 258 * 259

steps towards the dream

노력해도 결코 가질 수 없는 것들은 무엇이었나?

year_____ month_____ day_____

year_____ month_____ day_____

year_____ month_____ day_____

260 * 261 * 262

steps towards the dream

시간이 허락한다면 어떤 걸 배우고 싶은가?

year_____ month____ day____

year_____ month____ day____

year_____ month____ day____

263 * 264 * 265

steps towards the dream

요즘 내가 가장 많이 하는 말은 무엇인가

year_____ month_____ day_____

_____
_____
_____
_____
_____

year_____ month_____ day_____

_____
_____
_____
_____
_____

year_____ month_____ day_____

_____
_____
_____
_____
_____

266 * 267 * 268

steps towards the dream

도전해보고 싶은 일이 있다면?

year_____ month____ day____

year_____ month____ day____

year_____ month____ day____

당신을 지치게 하는 것은
올라가야 할 눈앞의 산이 아니라
구두 속의 자갈이다.

무하마드 알리

269 * 270 * 271

steps towards the dream

오늘 하루, 나를 가장 즐겁게 한 것은 무엇인가

year_____ month____ day____

_____

_____

_____

_____

year_____ month____ day____

_____

_____

_____

_____

year_____ month____ day____

_____

_____

_____

_____

272 * 273 * 274

steps towards the dream

사랑한다면 지켜야 할 것들은 무엇일까?

year_____ month_____ day_____

_____

_____

_____

_____

year_____ month_____ day_____

_____

_____

_____

_____

year_____ month_____ day_____

_____

_____

_____

_____

275 * 276 * 277

steps towards the dream

나는 어떤 사람을 좋아하는가?

---

year_____ month____ day____

---

year_____ month____ day____

---

year_____ month____ day____

278 * 279 * 280

steps towards the dream

가능하다면 어떤 영화 속 주인공이 되고 싶은가?

year_____ month_____ day_____

year_____ month_____ day_____

year_____ month_____ day_____

281 * 282 * 283

steps towards the dream

내 목표는 무엇인가?

year_____ month____ day____

....

....

....

....

....

year_____ month____ day____

....

....

....

....

year_____ month____ day____

....

....

....

....

284 * 285 * 286

steps towards the dream

지금 나에게 롤 모델이 있다면?

year_____ month_____ day_____

year_____ month_____ day_____

year_____ month_____ day_____

287 * 288 * 289

steps towards the dream

도저히 참을 수 없는 것이 있다면?

year_____ month_____ day_____

year_____ month_____ day_____

year_____ month_____ day_____

290 * 291 * 292

steps towards the dream

부자가 된다면 어떤 걸 하고 싶은가?

year_____ month____ day____

year_____ month____ day____

year_____ month____ day____

미래는 자신의 꿈이 가치 있는 것임을
믿는 사람들의 것이다

엘리너 루즈벨트

293 * 294 * 295

steps towards the dream

돈으로 가질 수 없는 것은 무엇일까.

year_____ month____ day____

year_____ month____ day____

year_____ month____ day____

296 * 297 * 298

steps towards the dream

오늘 퇴근길에 무슨 생각이 들었나

year_____ month____ day____

year_____ month____ day____

year_____ month____ day____

299 * 300 * 301

steps towards the dream

오늘의 날씨와 내 기분은?

year_____ month____ day____

year_____ month____ day____

year_____ month____ day____

302 * 303 * 304

steps towards the dream

지난 한 해 일어난 큰 변화들은 어떤 것들인가?

year_____ month____ day____

year_____ month____ day____

year_____ month____ day____

305 * 306 * 307

steps towards the dream

이상적인 공간은 어떤 곳인가?

year_____ month_____ day_____

year_____ month_____ day_____

year_____ month_____ day_____

308 * 309 * 310

steps towards the dream

외로움의 대처하는 나만의 방식은 무엇인가?

year_____ month____ day____

year_____ month____ day____

year_____ month____ day____

311 * 312 * 313

steps towards the dream

사랑이란 어떤 것일까

year_____ month____ day____

_____
_____
_____
_____
_____

year_____ month____ day____

_____
_____
_____
_____
_____

year_____ month____ day____

_____
_____
_____
_____
_____

314 * 315 * 316

steps towards the dream

요즘 내가 좋아하는 단어와
날씨는 어떤 무엇일까?

year_____ month____ day____

_____

_____

_____

year_____ month____ day____

_____

_____

_____

year_____ month____ day____

_____

_____

_____

사랑받기 위해서 사랑하는 것은 인간적이지만,
사랑하기 위해서 사랑하는 것은 천사와 같다.

작가미상

317 * 318 * 319

steps towards the dream

기억에 남는 영화 대사는 무엇인가?

year_____ month____ day____

year_____ month____ day____

year_____ month____ day____

320 * 321 * 322

steps towards the dream

떠오르는 사람의 이름과
그 사람에 대한 느낌을 적어보자

year_____ month_____ day_____

year_____ month_____ day_____

year_____ month_____ day_____

323 * 324 * 325

steps towards the dream

결혼하고 싶은 배우자는?

year_____ month____ day____

year_____ month____ day____

year_____ month____ day____

326 * 327 * 328

steps towards the dream

상실감으로 인해 아팠던 적이 있는가?

year_____ month____ day____

year_____ month____ day____

year_____ month____ day____

329 * 330 * 331

steps towards the dream

나는 어떤 부모가 되고 싶은가?

year_____ month____ day____

year_____ month____ day____

year_____ month____ day____

332 * 333 * 334

steps towards the dream

그리운 무엇이 있다면
어떤 말을 해주고 싶은가?

year_____ month_____ day_____

year_____ month_____ day_____

year_____ month_____ day_____

335 * 336 * 337

steps towards the dream

사랑에 빠지면 내게 일어나는
변화들은 무엇일까?

year_____ month____ day____

---

year_____ month____ day____

---

year_____ month____ day____

---

338 * 339 * 340

steps towards the dream

지난 한 주를 돌아보면 어떤 생각이 드는가?

year_____ month____ day____

year_____ month____ day____

year_____ month____ day____

341 * 342 * 343

steps towards the dream

기억에 남는 따뜻한 한 마디는 무엇인가?

year_____ month____ day____

year_____ month____ day____

year_____ month____ day____

344 * 345 * 346

steps towards the dream

지금 내가 하는 일에 만족하는가

year_____ month____ day____

year_____ month____ day____

year_____ month____ day____

사랑은 치료하고 사랑은 상처를 입힌다.
따라서 사랑은 사랑을 필요로 한다

작가미상

347 * 348 * 349

steps towards the dream

첫 직장 생활은 어떤 느낌일까?
혹은 어떤 느낌이었나?

year_____ month____ day____

year_____ month____ day____

year_____ month____ day____

350 * 351 * 352

steps towards the dream

좋아하는 취미는?

year_____ month____ day____

year_____ month____ day____

year_____ month____ day____

353 * 354 * 355

steps towards the dream

자주 시청하는 TV프로그램은?

year_____ month_____ day_____

year_____ month_____ day_____

year_____ month_____ day_____

356 * 357 * 358

steps towards the dream

미래를 미리 볼 수 있다면
언제의 나를 확인해 보고 싶은가?

year_____ month____ day____

_____

_____

_____

year_____ month____ day____

_____

_____

_____

year_____ month____ day____

_____

_____

_____

359 * 360 * 361

steps towards the dream

정말로 포기하고 싶었던 때는 언제인가?

year_____ month_____ day_____

_____

_____

_____

year_____ month_____ day_____

_____

_____

_____

year_____ month_____ day_____

_____

_____

_____

362 * 363 * 364

steps towards the dream

요즘 가지고 있는 목표가 있다면?

year_____ month_____ day_____

_____

_____

_____

_____

year_____ month_____ day_____

_____

_____

_____

_____

year_____ month_____ day_____

_____

_____

_____

_____

365 * 366 * 367

steps towards the dream

기억나는 실수들이 있다면?

year_____ month____ day____

_____

_____

_____

_____

year_____ month____ day____

_____

_____

_____

_____

year_____ month____ day____

_____

_____

_____

_____

368 * 369 * 370

steps towards the dream

힘들 때 나는 어떤 방식으로
그 시간을 지나 왔는가?

year_____ month____ day____

_____

_____

_____

year_____ month____ day____

_____

_____

_____

year_____ month____ day____

_____

_____

_____

세상에 완벽은 존재하지 않는다.
하지만 그렇게 노력할 뿐이다.

작가 미상

371 * 372 * 373

steps towards the dream

요즘 내게 부족한 것이 있다면?

year_____ month_____ day_____

_____

_____

_____

_____

year_____ month_____ day_____

_____

_____

_____

_____

year_____ month_____ day_____

_____

_____

_____

_____

374 * 375 * 376

steps towards the dream

요즘 나를 즐겁게 해주는 사람이 있다면 그 사람은 누구인가?

year_____ month____ day____

year_____ month____ day____

year_____ month____ day____

377 * 378 * 379

steps towards the dream

두 번 이상 봤던 책이나 영화가 있는가?

year_____ month_____ day_____

year_____ month_____ day_____

year_____ month_____ day_____

380 * 381 * 382

steps towards the dream

어려운 순간 내게
희망이 될 수 있는 건 무엇일까?

year_____ month____ day____

year_____ month____ day____

year_____ month____ day____

383 * 384 * 385

steps towards the dream

배움이란 어떤 의미일까?

year_____ month_____ day_____

_____

_____

_____

year_____ month_____ day_____

_____

_____

_____

year_____ month_____ day_____

_____

_____

_____

386 * 387 * 388

steps towards the dream

가장 최근에 울었던 적은 언제인가?

year_____ month____ day____

year_____ month____ day____

year_____ month____ day____

389 * 390 * 391

steps towards the dream

필요는 없지만
버리지 못하고 있는 것이 있다면?

year_____ month_____ day_____

year_____ month_____ day_____

year_____ month_____ day_____

392 * 393 * 394

steps towards the dream

요즘 소비활동에 주 대상은 무엇인가?

year_____ month_____ day_____

year_____ month_____ day_____

year_____ month_____ day_____

395 * 396 * 397

steps towards the dream

거짓말을 한 적이 있는가?

year_____ month____ day____

year_____ month____ day____

year_____ month____ day____

398 * 399 * 400

steps towards the dream

나만의 버릇이 있다면?

year_____ month____ day____

year_____ month____ day____

year_____ month____ day____

그림자를 두려워 말라.
그것은 가까운 곳에 빛이 있다는 것을
의미하는 것이다.

루스 E. 렌컬

401 * 402 * 403

steps towards the dream

올 해 크리스마스에 받고 싶은 선물이 있다면?

year_____ month____ day____

year_____ month____ day____

year_____ month____ day____

404 * 405 * 406

steps towards the dream

복권에 당첨된다면 무엇을 하고 싶은가?

year_____ month____ day____

year_____ month____ day____

year_____ month____ day____

407 * 408 * 409

steps towards the dream

인생의 위기가 있었는가?

year_____ month____ day____

year_____ month____ day____

year_____ month____ day____

410 * 411 * 412

steps towards the dream

여행은 내게 어떤 의미인가

year_____ month___ day___

_____

_____

_____

_____

year_____ month___ day___

_____

_____

_____

_____

year_____ month___ day___

_____

_____

_____

_____

413 * 414 * 415
steps towards the dream

내가 가장 듣기 싫은 말은 무어인가?

year_____ month____ day____

year_____ month____ day____

year_____ month____ day____

416 * 417 * 418

steps towards the dream

나의 행복을 위해 적절한 월급은 얼마일까?

year_____ month____ day____

year_____ month____ day____

year_____ month____ day____

419 * 420 * 421

steps towards the dream

나는 _____때문에 좋은 사람이다.
무엇 때문일까?

year_____ month____ day____

_____

_____

_____

_____

year_____ month____ day____

_____

_____

_____

_____

year_____ month____ day____

_____

_____

_____

_____

422 * 423 * 424

steps towards the dream

나는 어떤 일을 할 때
효과적으로 능력을 발휘하는가?

year_____ month____ day____

year_____ month____ day____

year_____ month____ day____

당신이 모든 걸 잃었다고 생각될 때
"미래"가 남아있다는 걸 기억하라.

폴렛 고다드

425 * 426 * 427

steps towards the dream

내 의견을 분명하게
말하지 못하는 이유는 왜일까?

year_____ month_____ day_____

year_____ month_____ day_____

year_____ month_____ day_____

428 * 429 * 430

steps towards the dream

꿈이 좌절된 경험이 있다면?

year_____ month_____ day_____

year_____ month_____ day_____

year_____ month_____ day_____

431 * 432 * 433

steps towards the dream

누군가를 위해 나의 이상이나 목표를 포기했던 경험이 있는가?

year_____ month_____ day_____

_____

_____

_____

_____

year_____ month_____ day_____

_____

_____

_____

_____

year_____ month_____ day_____

_____

_____

_____

_____

434 * 435 * 436

steps towards the dream

내가 살고 싶은 주거 공간은 어떤 모습인가

year_____ month____ day____

year_____ month____ day____

year_____ month____ day____

437 * 438 * 439

steps towards the dream

불안할 때 내가 하는 행동이나 습관은?

year_____ month_____ day_____

_____

_____

_____

_____

year_____ month_____ day_____

_____

_____

_____

_____

year_____ month_____ day_____

_____

_____

_____

_____

440 * 441 * 442

steps towards the dream

실수나 잘못으로 인해 깨달음을 얻은
경험이 있다면?

year_____ month____ day____

year_____ month____ day____

year_____ month____ day____

443 * 444 * 445

steps towards the dream

사람들과 눈이 마주치면
어떤 생각이 드는가

year_____ month____ day____

year_____ month____ day____

year_____ month____ day____

446 * 447 * 448

steps towards the dream

지금 나에게 가장 소중한 것 10가지가 있다면?

year_____ month____ day____

year_____ month____ day____

year_____ month____ day____

449 * 450 * 451

steps towards the dream

무인도에 가게 된다면 가져가고 싶은 세 가지는?

year_____ month_____ day_____

year_____ month_____ day_____

year_____ month_____ day_____

452 * 453 * 454

steps towards the dream

혼자 있을 때 나는 어떻게 시간을 보내는가?

year_____ month_____ day_____

year_____ month_____ day_____

year_____ month_____ day_____

영원히 살 것처럼 꿈을 꾸고
내일 죽을 것처럼 오늘을 살아라.

제임스 딘

455 * 456 * 457

steps towards the dream

친구에게 비밀을 털어놓을 수 있는가?

year_____ month____ day____

year_____ month____ day____

year_____ month____ day____

458 * 459 * 460

steps towards the dream

최근에 읽었던 책과 기억나는 표현이 있다면?

year_____ month____ day____

year_____ month____ day____

year_____ month____ day____

461 * 462 * 463

steps towards the dream

나의 인생을 책으로 쓴다면
제목은 무엇일까?

year_____ month_____ day_____

....

....

....

year_____ month_____ day_____

....

....

....

year_____ month_____ day_____

....

....

....

464 * 465 * 466

steps towards the dream

성장한다는 말은 어떤 뜻일까?

year_____ month____ day____

year_____ month____ day____

year_____ month____ day____

467 * 468 * 469

steps towards the dream

우연한 행운을 경험해본 경험이 있다면?

year_____ month_____ day_____

_____

_____

_____

_____

year_____ month_____ day_____

_____

_____

_____

_____

year_____ month_____ day_____

_____

_____

_____

_____

470 * 471 * 472

steps towards the dream

나의 삶에 정리정돈이 필요한 부분은?

year_____ month_____ day_____

year_____ month_____ day_____

year_____ month_____ day_____

473 * 474 * 475

steps towards the dream

요즘 나는 계획적인 삶을 추구하는가
아니면 보다 즉흥적인가

year_____ month_____ day_____

year_____ month_____ day_____

year_____ month_____ day_____

476 * 477 * 478

steps towards the dream

최근에 내 가슴을 뛰게 하는 일이 있다면?

year_____ month_____ day_____

_____

_____

_____

year_____ month_____ day_____

_____

_____

_____

year_____ month_____ day_____

_____

_____

_____

산다는 것은 서서히 태어나는 것이다.

생택쥐베리

479 * 480 * 481

steps towards the dream

누군가를 울린 경험이 있는가?

year_____ month____ day____
_____
_____
_____
_____

year_____ month____ day____
_____
_____
_____
_____

year_____ month____ day____
_____
_____
_____
_____

482 * 483 * 484

steps towards the dream

요즘 자주 듣는 음악은 무엇인가?

year_____ month____ day____

---

year_____ month____ day____

---

year_____ month____ day____

485 * 486 * 487

steps towards the dream

내일 당장 여행을 떠난다면
꼭 함께 하고 싶은 사람은 누구인가?

year_____ month____ day____

year_____ month____ day____

year_____ month____ day____

488 * 489 * 490

steps towards the dream

청춘이란 어떤 의미인가?

year_____ month____ day____

year_____ month____ day____

year_____ month____ day____

491 * 492 * 493

steps towards the dream

나는 _____때문에 눈물을 흘린 적이 있다

year_____ month____ day____

year_____ month____ day____

year_____ month____ day____

494 * 495 * 496

steps towards the dream

몇 살까지 살고 싶은가?

year_____ month_____ day_____

year_____ month_____ day_____

year_____ month_____ day_____

497 * 498 * 499
steps towards the dream

다시 태어난 다면 무엇으로 태어나고 싶은가

year_____ month____ day____

year_____ month____ day____

year_____ month____ day____

500 * 501 * 502

steps towards the dream

단 하루 타인으로 살 수 있다면
누가 되고 싶은가?

year_____ month_____ day_____
....
....
....
....

year_____ month_____ day_____
....
....
....
....

year_____ month_____ day_____
....
....
....
....

503 * 504 * 505

steps towards the dream

하루 몇 잔의 커피를 마시는가?

---

year_____ month____ day____

---

year_____ month____ day____

---

year_____ month____ day____

---

506 * 507 * 508

steps towards the dream

내 방에서 가장 오래된 것은 무엇인가

year_____ month_____ day_____

year_____ month_____ day_____

year_____ month_____ day_____

사막이 아름다운 것은
어딘가에 샘을 숨기고 있기 때문이다.

생텍쥐베리

509 * 510 * 511

steps towards the dream

나 자신이 초라해 보일 때는 언제인가

year_____ month____ day____

year_____ month____ day____

year_____ month____ day____

512 * 513 * 514

steps towards the dream

내가 선생님이 된다면
어떤 과목을 가르치고 싶은가?

year_____ month____ day____

year_____ month____ day____

year_____ month____ day____

515 * 516 * 517

steps towards the dream

변하지 않은 것이 있다고 생각하는가?

year_____ month____ day____

year_____ month____ day____

year_____ month____ day____

518 * 519 * 520

steps towards the dream

고민을 털어놓는 대상이나
사물이 있다면 무엇인가?

year_____ month____ day____

year_____ month____ day____

year_____ month____ day____

521 * 522 * 523

steps towards the dream

오늘 나는 무엇 때문에 미소를 지었나?

year_____ month____ day____

----

year_____ month____ day____

----

year_____ month____ day____

----

524 * 525 * 526

steps towards the dream

가족들에게 하고 싶은 말이 있다면?

year_____ month____ day____

year_____ month____ day____

year_____ month____ day____

527 * 528 * 529

steps towards the dream

나 자신이 대견할 때는 언제인가?

year_____ month____ day____

....

....

....

....

year_____ month____ day____

....

....

....

....

year_____ month____ day____

....

....

....

....

530 * 531 * 532

steps towards the dream

가장 좋아하는 운동은?

year_____ month____ day____

year_____ month____ day____

year_____ month____ day____

미래에 관한한 그대의 할 일은
예견하는 것이 아니라
그것을 가능케 하는 것이다

생택쥐베리

533 * 534 * 535

steps towards the dream

내 미래의 모습에 대해 그려본다면?

year_____ month_____ day_____

_____

_____

_____

year_____ month_____ day_____

_____

_____

_____

year_____ month_____ day_____

_____

_____

_____

536 * 537 * 538

steps towards the dream

중요한 약속을 지키지 못했던 경험은?

year_____ month____ day____

year_____ month____ day____

year_____ month____ day____

539 * 540 * 541

steps towards the dream

선택에 있어서 최우선으로
생각하는 것은 무엇인가

year_____ month_____ day_____

year_____ month_____ day_____

year_____ month_____ day_____

542 * 543 * 544
steps towards the dream

좋아하는 일과 지금 하고 있는 일은
어떤 공통점과 차이점이 있을까

year_____ month____ day____

year_____ month____ day____

year_____ month____ day____

545 * 546 * 547

steps towards the dream

내가 좋아하는 단어는 무엇이고
나는 왜 그 단어를 좋아할까

year_____ month____ day____

year_____ month____ day____

year_____ month____ day____

548 * 549 * 550

steps towards the dream

사람은 왜 누군가를 사랑하게 되는 걸까

year_____ month____ day____

year_____ month____ day____

year_____ month____ day____

551 * 552 * 553

steps towards the dream

지금 내 옆에 있었으면 하는 사람은?

year_____ month_____ day_____

year_____ month_____ day_____

year_____ month_____ day_____

554 * 555 * 556

steps towards the dream

어떤 사람으로 기억되고 싶은가?

year_____ month_____ day_____

year_____ month_____ day_____

year_____ month_____ day_____

557 * 558 * 559

steps towards the dream

요즘 내 신체와 정신 상태는 어떤가?

year_____ month_____ day_____

_____

_____

_____

_____

year_____ month_____ day_____

_____

_____

_____

_____

year_____ month_____ day_____

_____

_____

_____

_____

560 * 561 * 562

steps towards the dream

어릴 적 꿈꿨던 행복과
요즘 생각하는 행복은 어떤 차이가 있을까

year_____ month____ day____

year_____ month____ day____

year_____ month____ day____

질문을 잊지 않으면
언젠가 그 답안에서 살고 있는
자신을 만나게 될 것이다

/

작가미상

563 * 564 * 565

steps towards the dream

나를 가장 잘 아는 사람은 누구인가

year_____ month_____ day_____

year_____ month_____ day_____

year_____ month_____ day_____

566 * 567 * 568

steps towards the dream

냉장고 속에는 어떤 것들이 있는가?

year_____ month___ day___

year_____ month___ day___

year_____ month___ day___

569 * 570 * 571

steps towards the dream

이를 악 물고 도전해본 경험이 있는가

year_____ month____ day____

year_____ month____ day____

year_____ month____ day____

572 * 573 * 574

steps towards the dream

나는 지금 무엇에 대해 고민하고 있는가

year_____ month____ day____

year_____ month____ day____

year_____ month____ day____

575 * 576 * 577

steps towards the dream

답답함을 해소하는 방법은?

year_____ month_____ day_____

year_____ month_____ day_____

year_____ month_____ day_____

578 * 579 * 580

steps towards the dream

오늘 아침 눈을 뜨고 처음 뜬 생각은 무엇인가?

year_____ month____ day____

_____

_____

_____

_____

year_____ month____ day____

_____

_____

_____

year_____ month____ day____

_____

_____

_____

581 * 582 * 583

steps towards the dream

오랫동안 말 못할 불편함이나
서운함을 가진 적이 있는가

year_____ month____ day____

year_____ month____ day____

year_____ month____ day____

584 * 585 * 586

steps towards the dream

나 스스로가 실망스러웠던 경험은?

year_____ month____ day____

_____

_____

_____

_____

year_____ month____ day____

_____

_____

_____

_____

year_____ month____ day____

_____

_____

_____

_____

편지는 입맞춤 이상으로
영혼들을 화합시켜 준다

존 돈

587 * 588 * 589

steps towards the dream

잠들기 전 문득 떠오른 생각은?

year_____ month____ day____

_____

_____

_____

_____

year_____ month____ day____

_____

_____

_____

_____

year_____ month____ day____

_____

_____

_____

_____

590 * 591 * 592

steps towards the dream

수술을 해본 경험이 있는가?

year_____ month____ day____

year_____ month____ day____

year_____ month____ day____

593 * 594 * 595

steps towards the dream

내가 생각하는 성공을 이룬 뒤에
내 삶은 어떻게 변화할까?

year_____ month_____ day_____

year_____ month_____ day_____

year_____ month_____ day_____

596 * 597 * 598

steps towards the dream

아직 구체적으로 드러나지 않은
나의 잠재력은 무엇일까?

year_____ month____ day____

year_____ month____ day____

year_____ month____ day____

599 * 600 * 601

steps towards the dream

내가 예뻐 보이는 순간은 언제인가?

year_____ month_____ day_____

_____

_____

_____

year_____ month_____ day_____

_____

_____

_____

year_____ month_____ day_____

_____

_____

_____

602 * 603 * 604

steps towards the dream

이상과 현실 중에서 갈등해본 경험이 있는가?

year_____ month____ day____

_____

_____

_____

_____

_____

year_____ month____ day____

_____

_____

_____

_____

_____

year_____ month____ day____

_____

_____

_____

_____

_____

605 * 606 * 607

steps towards the dream

나는 요즘 스스로를 신뢰하는가?

year_____ month_____ day_____

year_____ month_____ day_____

year_____ month_____ day_____

608 * 609 * 610

steps towards the dream

좋아하는 계절과 날씨는?

year_____ month____ day____

year_____ month____ day____

year_____ month____ day____

611 * 612 * 613

steps towards the dream

나는 지금 누구와 살고 있는가?

year_____ month____ day____

year_____ month____ day____

year_____ month____ day____

614 * 615 * 616

steps towards the dream

성형수술을 하고 싶은 신체부위가 있는가?

year_____ month____ day____

_____

_____

_____

year_____ month____ day____

_____

_____

_____

year_____ month____ day____

_____

_____

_____

가장 향기로운 향수는
언제나 가장 작은병에 담겨있다.

존 드라이든

617 * 618 * 619

steps towards the dream

요즘에 내가 가장 애정하는 공간은 어디인가?

year_____ month_____ day_____

year_____ month_____ day_____

year_____ month_____ day_____

620 * 621 * 622

steps towards the dream

마지막이었으면 하고 바랬던 것이 있는가?

year_____ month____ day____

year_____ month____ day____

year_____ month____ day____

623 * 624 * 625

steps towards the dream

가장 이상적인 휴가를 그려본다면?

year_____ month____ day____

year_____ month____ day____

year_____ month____ day____

626 * 627 * 628

steps towards the dream

과거 힘들었던 시기의 나에게 해줄 말이 있다면?

year_____ month_____ day_____

year_____ month_____ day_____

year_____ month_____ day_____

629 * 630 * 631

steps towards the dream

내일은 오늘과 달랐으면 하는 것은 무엇인가

year_____ month_____ day_____

year_____ month_____ day_____

year_____ month_____ day_____

632 * 633 * 634

steps towards the dream

아끼는 친구에게 해주고 싶은 말이 있다면

year_____ month____ day____

_____

_____

_____

_____

year_____ month____ day____

_____

_____

_____

_____

year_____ month____ day____

_____

_____

_____

_____

635 * 636 * 637

steps towards the dream

지금 내 가방 속에 들어있는 것들은 어떤 것인가?

year_____ month____ day____

year_____ month____ day____

year_____ month____ day____

638 * 639 * 640

steps towards the dream

내게 자존감이란 어떤 의미일까

year_____ month_____ day_____

_____

_____

_____

_____

year_____ month_____ day_____

_____

_____

_____

_____

year_____ month_____ day_____

_____

_____

_____

_____

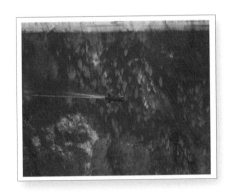

미래는 많은 이름들을 갖고 있다.
약한 자에게는 도달할 수 없는 것이고,
두려워하는 자에게는 알려지지 않는 것이며,
용감한 자에게는 기회이다.

빅토르 위고

641 * 642 * 643

steps towards the dream

되돌리고 싶은 순간은 언제인가?

year_____ month_____ day_____

year_____ month_____ day_____

year_____ month_____ day_____

644 * 645 * 646
steps towards the dream

오늘의 내가 결코 시도할 수 없는 일은 무엇일까

year_____ month____ day____

year_____ month____ day____

year_____ month____ day____

647 * 648 * 649

steps towards the dream

동경하는 직업이나 인물이 있다면?

year_____ month____ day____

_____

_____

_____

year_____ month____ day____

_____

_____

_____

year_____ month____ day____

_____

_____

_____

650 * 651 * 652

steps towards the dream

지금 내 삶의 한계는 무엇일까?

year_____ month____ day____

year_____ month____ day____

year_____ month____ day____

653 * 654 * 655
steps towards the dream

사랑하는 사람에게 했던 가장 바보 같은 말은?

year_____ month____ day____

_____

_____

_____

_____

year_____ month____ day____

_____

_____

_____

_____

year_____ month____ day____

_____

_____

_____

_____

656 * 657 * 658

steps towards the dream

사춘기 자녀에게 해주고 싶은 말이 있다면?

year_____ month____ day____

year_____ month____ day____

year_____ month____ day____

659 * 660 * 661
steps towards the dream

나에게 주고 싶은 선물 세가지가 있다면?

year_____ month_____ day_____

year_____ month_____ day_____

year_____ month_____ day_____

662 * 663 * 664

steps towards the dream

우연히 항공권이 주어진다면
떠나고 싶은 나라는?

year_____ month____ day____

year_____ month____ day____

year_____ month____ day____

665 * 666 * 667

steps towards the dream

나는 무엇을 닮았나

year_____ month____ day____

year_____ month____ day____

year_____ month____ day____

668 * 669 * 670

steps towards the dream

영원히 변하지 말았으면 하고
바라는 것은 무엇인가

year_____ month____ day____

year_____ month____ day____

year_____ month____ day____

환경은 약한 자들의 통치자이며,
지혜로운 자들의 도구이다.

영국 속담

671 * 672 * 673

steps towards the dream

죽기 전에 꼭 가보고 싶은 곳은

year_____ month_____ day_____

----

year_____ month_____ day_____

----

year_____ month_____ day_____

----

674 * 675 * 676

steps towards the dream

좋아하는 작가나 예술가는 누구인가

year_____ month____ day____

year_____ month____ day____

year_____ month____ day____

677 * 678 * 679

steps towards the dream

최근에 들었던 인상 깊었던 말

year_____ month____ day____

....

....

....

....

year_____ month____ day____

....

....

....

....

year_____ month____ day____

....

....

....

....

680 * 681 * 682

steps towards the dream

타인의 마음을 읽을 수 있는 안경이 있다면
세상은 어떻게 될까

year_____ month____ day____

year_____ month____ day____

year_____ month____ day____

683 * 684 * 685

steps towards the dream

내가 발명가라면 무엇을 만들고 싶은가

year_____ month____ day____

....

....

....

year_____ month____ day____

....

....

....

year_____ month____ day____

....

....

....

686 * 687 * 688

steps towards the dream

이름만 들어도 가슴이 아픈 대상이 있는가

year_____ month____ day____

year_____ month____ day____

year_____ month____ day____

689 * 690 * 691

steps towards the dream

첫키스의 느낌은?

year_____ month_____ day_____

year_____ month_____ day_____

year_____ month_____ day_____

692 * 693 * 694

steps towards the dream

좋아하는 향기는 어떤 것인가

year_____ month_____ day_____

year_____ month_____ day_____

year_____ month_____ day_____

우리에겐 언제나 충분한 시간이 있다.
우리가 그것을 훌륭히 쓰기만 한다면

괴테

695 * 696 * 697

steps towards the dream

올 해 눈이 내리면 무엇을 하고 싶어?

year_____ month_____ day_____

year_____ month_____ day_____

year_____ month_____ day_____

698 * 699 * 700

steps towards the dream

하루 중 가장 좋아하는 시간은 언제인가

year_____ month_____ day_____

_____

_____

_____

_____

year_____ month_____ day_____

_____

_____

_____

_____

year_____ month_____ day_____

_____

_____

_____

701 * 702 * 703

steps towards the dream

누군가에게 선물 하나를 할 수 있다면
누구에게 무엇을 해주고 싶은가

year_____ month____ day____

year_____ month____ day____

year_____ month____ day____

704 * 705 * 706

steps towards the dream

내가 이 세상에 존재하는 이유는 무엇때문일까?

year_____ month____ day____

year_____ month____ day____

year_____ month____ day____

707 * 708 * 709

steps towards the dream

시간을 1년 전으로 되돌린다면
나는 무엇을 할 것인가?

year_____ month____ day____

year_____ month____ day____

year_____ month____ day____

710 * 711 * 712

steps towards the dream

3년 후의 내 모습은 어떨까?

year_____ month_____ day_____

year_____ month_____ day_____

year_____ month_____ day_____

713 * 714 * 715

steps towards the dream

나의 보물 1호는 무엇인가?

year_____ month____ day____

year_____ month____ day____

year_____ month____ day____

716 * 717 * 718

steps towards the dream

밤에 잠이 안 올 때 무엇을 하는가

year_____ month____ day____

year_____ month____ day____

year_____ month____ day____

719 * 720 * 721

steps towards the dream

영혼이나 신은 존재하는 걸까?

year_____ month_____ day_____

year_____ month_____ day_____

year_____ month_____ day_____

722 * 723 * 724

steps towards the dream

운명이 존재하는 걸까 아니면 그냥 우연인 걸까

year_____ month____ day____

year_____ month____ day____

year_____ month____ day____

네가 태어났을 때,
네가 울고 세상이 기뻐했다.
네가 죽을 때 세상이 울고
네가 기뻐할 수 있도록 세상을 살아라.

인디언 속담

725 * 726 * 727

steps towards the dream

오늘 거울을 보고 느낌 점은?

year_____ month____ day____

year_____ month____ day____

year_____ month____ day____

728 * 729 * 730

steps towards the dream

나에게 초능력이 생긴다면
어떤 능력이었으면 좋을까?

year_____ month_____ day_____

year_____ month_____ day_____

year_____ month_____ day_____

731 * 732 * 733

steps towards the dream

비가 온다면 무엇을 할 것인가

year_____ month____ day____

year_____ month____ day____

year_____ month____ day____

734 * 735 * 736

steps towards the dream

최근에 꿈에서 본 것들 중
기억나는 것이 있다면?

year_____ month_____ day_____

year_____ month_____ day_____

year_____ month_____ day_____

737 * 738 * 739

steps towards the dream

내가 하고 있는 SNS는 무엇이고 어떤 느낌인가

year_____ month_____ day_____

year_____ month_____ day_____

year_____ month_____ day_____

740 * 741 * 742

steps towards the dream

내가 가장 순수했다고 느끼지던 때는 언제인가

year_____ month_____ day_____

_____

_____

_____

year_____ month_____ day_____

_____

_____

_____

year_____ month_____ day_____

_____

_____

_____

743 * 744 * 745

steps towards the dream

내 매력은 무엇일까?

year_____ month____ day____

year_____ month____ day____

year_____ month____ day____

746 * 747 * 748

steps towards the dream

경험했던 것 중에서 슬픈 이별이 있다면?

year_____ month_____ day_____

year_____ month_____ day_____

year_____ month_____ day_____

책은 가장 조용하고 믿음직한 친구다.
그들은 가장 접하기 쉽고
가장 현명한 조언자며,
가장 인내심 많은 선생님이다.

새뮤얼 스마일스

749 * 750 * 751

steps towards the dream

타인이 생각하는 나와 내가 생각하는
나의 공통점과 차이점이 있다면?

year_____ month____ day____

year_____ month____ day____

year_____ month____ day____

752 * 753 * 754

steps towards the dream

나는 어떨 때 술이 마시고 싶은가?

year_____ month_____ day_____

year_____ month_____ day_____

year_____ month_____ day_____

755 * 756 * 757

steps towards the dream

마지막으로 누구에게 편지를 썼는가?

year_____ month_____ day_____

_____

_____

_____

_____

year_____ month_____ day_____

_____

_____

_____

_____

year_____ month_____ day_____

_____

_____

_____

_____

758 * 759 * 760

steps towards the dream

어디에서 프로포즈를 받고 싶은가?
혹은 할 건가?

year_____ month_____ day_____

....

....

....

....

year_____ month_____ day_____

....

....

....

....

year_____ month_____ day_____

....

....

....

....

761 * 762 * 763

steps towards the dream

지금 나에게 가장 불필요하다고 생각되는 것은 무엇인가

year_____ month_____ day_____

_____

_____

_____

year_____ month_____ day_____

_____

_____

_____

year_____ month_____ day_____

_____

_____

_____

764 * 765 * 766

steps towards the dream

나는 어떨 때 감성적이고 어떨 때 이성적인가

year_____ month____ day____

year_____ month____ day____

year_____ month____ day____

767 * 768 * 769

steps towards the dream

청소를 잘하는 편인가

year_____ month_____ day_____

year_____ month_____ day_____

year_____ month_____ day_____

770 * 771 * 772

steps towards the dream

죽기 직전에 마지막으로 남기고 싶은 한 마디는?

year_____ month____ day____

year_____ month____ day____

year_____ month____ day____

773 * 774 * 775

steps towards the dream

어린 시절을 생각하면 무슨 생각이 떠오르는가

year_____ month____ day____

year_____ month____ day____

year_____ month____ day____

776 * 777 * 778

steps towards the dream

졸업식이란 내게 어떤 의미인가

year_____ month____ day____

_____

_____

_____

_____

year_____ month____ day____

_____

_____

_____

_____

year_____ month____ day____

_____

_____

_____

_____

어리석은 자는 멀리서 행복을 찾고,
현명한 자는 자신의 발치에서 행복을 키워간다

제임스 오펜하임

779 * 780 * 781

steps towards the dream

결정하지 못한 채
여전히 고민하고 있는 것이 있다면?

year_____ month_____ day_____

year_____ month_____ day_____

year_____ month_____ day_____

782 * 783 * 784

steps towards the dream

무언가에 쫓기고 있는 꿈을 꾼다면 그 대상은 무엇일까?

year_____ month_____ day_____

year_____ month_____ day_____

year_____ month_____ day_____

785 * 786 * 787
steps towards the dream

부모님은 내가 어떤 사람이 되기를 원하는가

year_____ month_____ day_____

_____

_____

_____

year_____ month_____ day_____

_____

_____

_____

year_____ month_____ day_____

_____

_____

_____

788 * 789 * 790

steps towards the dream

버킷리스트 다섯 가지를 적어보자

year_____ month____ day____

year_____ month____ day____

year_____ month____ day____

791 * 792 * 793

steps towards the dream

오늘 하루를 색깔로 표현해본다면

year_____ month_____ day_____

year_____ month_____ day_____

year_____ month_____ day_____

794 * 795 * 796

steps towards the dream

나만의 추억이 담긴 음악이 있다면?

year_____ month____ day____

year_____ month____ day____

year_____ month____ day____

797 * 798 * 799

steps towards the dream

가장 최근에 한 요리는 무엇인가

year_____ month____ day____

year_____ month____ day____

year_____ month____ day____

800 * 801 * 802

steps towards the dream

요즘 자꾸만 생각이 나는 사람은 누구인가

year_____ month____ day____

year_____ month____ day____

year_____ month____ day____

인생은 한 권의 책과 같다
어리석은 이는 그것을 쉽게 넘겨버리지만
현명한 인간은 열심히 읽는다.
단 한번 밖에 읽지 못한다는 사실을 알고 있기 때문이다.

장 파울

803 * 804 * 805

steps towards the dream

외출을 할 때 내가 꼭 챙기는 물건이 있다면?

year_____ month____ day____

year_____ month____ day____

year_____ month____ day____

806 * 807 * 808

steps towards the dream

내 이야기를 가장 잘 들어주는 사람은 누구인가?

year_____ month____ day____

year_____ month____ day____

year_____ month____ day____

809 * 810 * 811

steps towards the dream

나만의 징크스가 있다면?

year_____ month____ day____

year_____ month____ day____

year_____ month____ day____

812 * 813 * 814

steps towards the dream

기억나는 여행은 언제인가?

year_____ month____ day____

year_____ month____ day____

year_____ month____ day____

815 * 816 * 817

steps towards the dream

올 해 가장 운이 좋았던 일은

year_____ month____ day____

year_____ month____ day____

year_____ month____ day____

818 * 819 * 820

steps towards the dream

미래에 내 아이가 결혼을 한다면
어떤 말을 해주고 싶은가

year_____ month____ day____

_____

_____

_____

_____

year_____ month____ day____

_____

_____

_____

_____

year_____ month____ day____

_____

_____

_____

_____

821 * 822 * 823

steps towards the dream

집이라는 공간은 내게 어떤 의미인가?

year_____ month_____ day_____

year_____ month_____ day_____

year_____ month_____ day_____

824 * 825 * 826

steps towards the dream

사랑이 사람을 변화시킬 수 있다고 믿는가

year_____ month____ day____

year_____ month____ day____

year_____ month____ day____

827 * 828 * 829

steps towards the dream

하루의 휴일이 주어진다면 하고 싶은 일은?

year_____ month_____ day_____

year_____ month_____ day_____

year_____ month_____ day_____

830 * 831 * 832

steps towards the dream

나를 미워하는 사람들에게 한 마디를 해준다면?

year_____ month____ day____

year_____ month____ day____

year_____ month____ day____

좋은 일은 하려고 노력하기 보다는
오히려 좋은 인간이 되도록 노력해야 한다.

/

레프 톨스토이

833 * 834 * 835

steps towards the dream

행복한 삶을 위해 필수적인 세 가지는 무엇일까?

year_____ month____ day____

year_____ month____ day____

year_____ month____ day____

836 * 837 * 838

steps towards the dream

이성친구에 대해서 어떻게 생각하는가

year_____ month____ day____

year_____ month____ day____

year_____ month____ day____

839 * 840 * 841

steps towards the dream

억울한 일을 당한 경험이 있다면?

year_____ month____ day____

year_____ month____ day____

year_____ month____ day____

842 * 843 * 844

steps towards the dream

요즘 나에게 자유란 어떤 의미일까

year_____ month____ day____

year_____ month____ day____

year_____ month____ day____

845 * 846 * 847

steps towards the dream

어떤 자동차를 타고 싶은가

year_____ month_____ day_____

year_____ month_____ day_____

year_____ month_____ day_____

848 * 849 * 850

steps towards the dream

익숙하지만 참 소중한 것들은 무엇이 있을까?

year_____ month____ day____

year_____ month____ day____

year_____ month____ day____

851 * 852 * 853

steps towards the dream

자주 가는 카페의 공간과 분위기는 어떤가

year_____ month_____ day_____

year_____ month_____ day_____

year_____ month_____ day_____

854 * 855 * 856

steps towards the dream

청춘이라는 단어가 내게 주는 느낌은?

year_____ month____ day____

year_____ month____ day____

year_____ month____ day____

가장 심각한 실수는 오답의 결과로 만들어지는 것이 아니다.
진실로 위험한 것은 잘못된 질문을 하는 것이다.

피터 드러커

857 * 858 * 859

steps towards the dream

아버지의 뒷모습을 보면 어떤 기분이 드는가?

year_____ month____ day____

---

year_____ month____ day____

---

year_____ month____ day____

---

860 * 861 * 862

steps towards the dream

꼭 가보고 싶은 공연이나 행사가 있다면?

year_____ month____ day____

year_____ month____ day____

year_____ month____ day____

863 * 864 * 865

steps towards the dream

계획적인 삶이 필요하다고 느낄 때는 언제인가

year_____ month____ day____

year_____ month____ day____

year_____ month____ day____

866 * 867 * 868

steps towards the dream

나는 어떤 표정을 잘 짓는 편인가

year_____ month____ day____

year_____ month____ day____

year_____ month____ day____

869 * 870 * 871

steps towards the dream

낭만적인 삶을 살기 위해서
얼마만큼의 돈이 필요할까

year_____ month____ day____

_____

_____

_____

_____

year_____ month____ day____

_____

_____

_____

_____

year_____ month____ day____

_____

_____

_____

_____

872 * 873 * 874

steps towards the dream

타인에게 나의 첫인상은 어떤 편인가

year_____ month____ day____

year_____ month____ day____

year_____ month____ day____

875 * 876 * 877

steps towards the dream

미련이 남는 순간이 있다면?

year_____ month____ day____

year_____ month____ day____

year_____ month____ day____

878 * 879 * 880

steps towards the dream

죽기 전에 꼭 만나고픈 사람이 있다면

year_____ month____ day____

_____

_____

_____

_____

year_____ month____ day____

_____

_____

_____

_____

year_____ month____ day____

_____

_____

_____

_____

881 * 882 * 883

steps towards the dream

삶이 무기력하다고 느낄 때는 언제인가

year_____ month____ day____

year_____ month____ day____

year_____ month____ day____

884 * 885 * 886

steps towards the dream

스스로에게 약속한 것들이 있다면?

year_____ month____ day____

year_____ month____ day____

year_____ month____ day____

우리의 가장큰 약점은 포기하는 것이다.
성공에 이르는 가장 확실한 방법은 한번더 해보는 것이다.

토마스 에디슨

887 * 888 * 889

steps towards the dream

나이를 들면서 생각이나
관점이 달라진 경험이 있는가

year_____ month____ day____

year_____ month____ day____

year_____ month____ day____

890 * 891 * 892

steps towards the dream

엄마의 손을 보면 어떤 기분이 드는가

year_____ month____ day____

_____

_____

_____

year_____ month____ day____

_____

_____

_____

year_____ month____ day____

_____

_____

_____

893 * 894 * 895

steps towards the dream

영원히 간직하고 싶은 아름다운 추억이 있다면?

year_____ month_____ day_____

year_____ month_____ day_____

year_____ month_____ day_____

896 * 897 * 898

steps towards the dream

삶을 기록하는 것이 나에게 어떤 영향을 끼칠까

year_____ month____ day____

year_____ month____ day____

year_____ month____ day____

899 * 900 * 901

steps towards the dream

나는 어떤 향기를 풍기는 사람이 되고 싶은가

year_____ month_____ day_____

year_____ month_____ day_____

year_____ month_____ day_____

902 * 903 * 904

steps towards the dream

나에게 주어진 사명감이 있다면?

year_____ month_____ day_____

year_____ month_____ day_____

year_____ month_____ day_____

905 * 906 * 907

steps towards the dream

남들의 기대와 나 자신의 행복이
충돌한 경험이 있는가

year_____ month____ day____

_____

_____

_____

_____

year_____ month____ day____

_____

_____

_____

_____

year_____ month____ day____

_____

_____

_____

_____

908 * 909 * 910

steps towards the dream

가장 나답다는 것은 어떤 의미일까

year_____ month_____ day_____

year_____ month_____ day_____

year_____ month_____ day_____

경험이란 그에게 일어난 일이 아니라,
그가 그 일에 대해 어떻게 행동했는가를 말하는 것이다.

올더스 헉슬리

911 * 912 * 913

steps towards the dream

시간이 사람이라면 어떤 말을 해주고 싶은가

year_____ month____ day____

year_____ month____ day____

year_____ month____ day____

914 * 915 * 916

steps towards the dream

나는 왜 돈을 벌어야 하는가

year_____ month_____ day_____

year_____ month_____ day_____

year_____ month_____ day_____

917 * 918 * 919

steps towards the dream

30년 후의 나는 어떤 모습일까?

year_____ month_____ day_____

year_____ month_____ day_____

year_____ month_____ day_____

920 * 921 * 922

steps towards the dream

나는 누구인가.

year_____ month____ day____

year_____ month____ day____

year_____ month____ day____

923 * 924 * 925

steps towards the dream

나이를 먹어도 순수하게 살아갈 수 있을까?

year_____ month_____ day_____

_____

_____

_____

year_____ month_____ day_____

_____

_____

_____

year_____ month_____ day_____

_____

_____

_____

926 * 927 * 928

steps towards the dream

행복을 위해 가장 필요한 것은
개인의 태도일까 주변의 상황일까

---

year_____ month_____ day_____

year_____ month_____ day_____

year_____ month_____ day_____

929 * 930 * 931

steps towards the dream

교복을 입던 때를 생각하면 어떤 기분이 드는가

year_____ month_____ day_____

year_____ month_____ day_____

year_____ month_____ day_____

932 * 933 * 934

steps towards the dream

좋아하는 꽃과 그 꽃말은 무엇인가

year_____ month____ day____

year_____ month____ day____

year_____ month____ day____

935 * 936 * 937

steps towards the dream

내가 가장 존경하는 인물은?

year_____ month____ day____

year_____ month____ day____

year_____ month____ day____

938 * 939 * 940

steps towards the dream

고백을 받은 경험이 있는가

year_____ month____ day____

year_____ month____ day____

year_____ month____ day____

당신이 영혼을 가지고 있는 것이 아니다.
당신이 영혼이다. 갖고 있는 것은 육신이다.

／

작가미상

941 * 942 * 943

steps towards the dream

화가 났을 때 스트레스를
해소하는 방법은 무엇인가

year_____ month____ day____

year_____ month____ day____

year_____ month____ day____

944 * 945 * 946

steps towards the dream

혼자 밥을 먹을 때 무슨 생각이 드는가

year_____ month____ day____

year_____ month____ day____

year_____ month____ day____

947 * 948 * 949

steps towards the dream

나의 평소 수면시간은 얼마나 되는가

year_____ month____ day____

year_____ month____ day____

year_____ month____ day____

950 * 951 * 952

steps towards the dream

내 주량은 얼마인가?
보통 누구와 술을 마시는가

year_____ month____ day____

year_____ month____ day____

year_____ month____ day____

953 * 954 * 955

steps towards the dream

사랑하는 사람에게 꼭 해주고 싶은 말이 있다면?

year_____ month____ day____

year_____ month____ day____

year_____ month____ day____

956 * 957 * 958

steps towards the dream

여행을 떠나는 목적은 무엇인가

year_____ month____ day____

year_____ month____ day____

year_____ month____ day____

959 * 960 * 961

steps towards the dream

사람은 왜 꿈을 꾸는 것일까

year_____ month_____ day_____

year_____ month_____ day_____

year_____ month_____ day_____

962 * 963 * 964

steps towards the dream

연말 모임에 초대하고 싶은 사람은 누구인가?

year_____ month____ day____

year_____ month____ day____

year_____ month____ day____

때때로 우리들은,
한 사람의 인격적 덕에서보다도
실패에서 많은 것을 배운다.

롱펠로우

965 * 966 * 967

steps towards the dream

독서가 주는 이점은 무엇이라고 생각하는가

year_____ month____ day____

year_____ month____ day____

year_____ month____ day____

968 * 969 * 970

steps towards the dream

내 삶의 불청객은 누구인가

year_____ month____ day____

year_____ month____ day____

year_____ month____ day____

971 * 972 * 973

steps towards the dream

사랑이 현실적인 것들을
초월할 수 있다고 믿는가

year_____ month____ day____

year_____ month____ day____

year_____ month____ day____

974 * 975 * 976

steps towards the dream

최선을 다한다는 말의 의미는 무엇인가

year_____ month____ day____

year_____ month____ day____

year_____ month____ day____

977 * 978 * 979

steps towards the dream

언젠가부터 모른 척 회피하고 있는 것이 있다면

year_____ month_____ day_____

year_____ month_____ day_____

year_____ month_____ day_____

980 * 981 * 982

steps towards the dream

오늘 출근길에 들었던 생각은?

year_____ month____ day____

year_____ month____ day____

year_____ month____ day____

983 * 984 * 985

steps towards the dream

학창시절에 아쉬운 것이 있다면 어떤 것인가

year_____ month____ day____

_____

_____

_____

_____

year_____ month____ day____

_____

_____

_____

_____

year_____ month____ day____

_____

_____

_____

_____

986 * 987 * 988

steps towards the dream

혼자이고 싶을 때는 언제인가

year_____ month____ day____

year_____ month____ day____

year_____ month____ day____

989 * 990 * 991

steps towards the dream

미래의 아이에게 어떠한 것을
인생의 가장 중요한 덕목이라고 말 해 줄 것인가?

year_____ month____ day____

year_____ month____ day____

year_____ month____ day____

992 * 993 * 994

steps towards the dream

나는 나를 충분히 사랑하고 있는가

year_____ month____ day____

year_____ month____ day____

year_____ month____ day____

995 * 996 * 997

steps towards the dream

내 인생의 궁극적인 목표는 무엇인가

year_____ month____ day____

year_____ month____ day____

year_____ month____ day____

998 * 999 * 1000

steps towards the dream

인생의 한 권의 책이라면
나는 어떤 책이 되고 싶은가

year_____ month_____ day_____

_____

_____

_____

year_____ month_____ day_____

_____

_____

_____

year_____ month_____ day_____

_____

_____

_____

경험이란 그에게 일어난 일이 아니라,
그가 그 일에 대해 어떻게 행동했는가를 말하는 것이다.

올더스 헉슬리

Q&A TO ME

• 뜻밖에 나를 찾는 1000일 •

© 김민준, 2016

초판 1쇄 발행 2016년 11월 30일
초판 5쇄 발행 2022년 5월 23일

지은이 김민준
펴낸이 남기성
디자인 그별
본문이미지 https://unsplash.com/

펴낸곳 도서출판 쿵
출판등록 신고번호 제 2016-000310호
주소 서울 특별시 마포구 월드컵북로 400 2층201호 P-2
대표전화 070-7555-9653
팩스 02-6442-9973
전자우편 sung0278@naver.com

ISBN 979-11-959495-0-2 03810

· 책값은 뒤표지에 있습니다.
· 잘못된 책은 구입하신 서점에서 교환해 드립니다.